나	는		한	동	안			
나	를		사	랑	하	지		않	았	다

\<Prologue\>

세상에는 불가사의한 것들이 정말 많습니다.
피라미드, 마추픽추, 만리장성, UFO 등등
멀게만 느껴졌던 어른이 된 지금도 월급을 받은지
일주일 만에 텅 비어버린 통장이라는
희대의 불가사의를 경험하고 있습니다.

이 책을 읽고 있는 분들 중에도 이런 불가사의를 경험하
신 적이 있으리라 생각이 듭니다.

여름방학이면 어김없이 산과 바다가 있는 시골로 보내졌
던 초등학생 시절, 배가 아파 뒹굴고 있으면 증조할머니는
뼈 마디마디에 앙상한 살이 붙어있는 손을 제 배에 얹으
시고 들릴 듯 말 듯 한 음성으로 주문을 외우십니다.

"할미 손은 약손~ 영심이 배는 똥배, 할미 손은 약손~
 괜찮다. 괜찮다. 괜찮다."

이 말 한마디면 정말 괜찮아집니다.
참으로 신기한 일입니다.
이 현상은 현대 의학으로는 밝혀낼 수가 없습니다.

이 시대 의사는 이렇게 말하곤 합니다.
"스트레스성 위경련입니다. 염증도 살짝 보이네요. 술은
얼마나 자주 마시나요? 잠은 얼마나 자나요? 당분간 술
마시지 말고 스트레스 받지 않도록 노력하고 마음을 되도
록 편하게 가지세요."

.

.

어쩌라는 거지?

우리 증조할머니의 처방은 명쾌하다.

"긍께, 머덜라고 찬 것을 그라고 많이 머거쓰까잉."

어른이 된 지금도 새벽에 위경련으로 아파 잠들지 못하고
혼자 끙끙 앓을 때면
증조할머니의 목소리가 귓가에 맴돕니다.

아플 때뿐 아니라 세상에 내 편이 없고 홀로 있는 것 같을
때면 그 앙상한 손이 다시 한번 나를 쓰다듬어줬으면 할
때가 많습니다.

지금 당신의 마음이 아프거나 힘들다면
이 책에서 잠시 쉬어가세요.

당신의 할미손이 되어 쓰다듬어 드릴게요.
'괜찮다. 괜찮다. 괜찮다.'

괜찮다.

정말 힘들 때
듣고 싶은 말.

'괜찮아, 괜찮아, 괜찮아.'

괜찮지 않아서,
괜찮을 용기가 없어서,
괜찮을 자격이 없어서
말 못하는 나를 대신해서
나에게 말해줄 사람이 필요하다.

_____ 야, 괜찮다.

다 괜찮단다.

나는
한동안
나를

_____

먼저 이 책을 손에 닿아주신 그대여,

진심으로 감사드립니다.

사랑하지
않았다

———————

처음에는 이 책의 표지에 손끝이 닿았다면

책을 닫을 때는 당신의 마음에 닿기를 바랍니다.

목/차

Part 1
청춘;
나는 그렇게 무르익는다

Part 2

바람; ————————————————

나, 행복하고 싶어요

Part 3

사랑;　──────────────

사랑이 겁나요

Part 4
위안;
쓰다듬어주세요

청춘;
나는 그렇게 무르익는다.

착각

나를 정의할 수 있는 사람은
오로지 나밖에 없다.

내가 무엇을 할 수 있는지,
어떤 것을 할 수 있는지,
얼마나 큰 가능성과 재능을 가지고 있는지,
온전히 알고 있는 사람은
나밖에 없다.

'나는 여기까지야'라고 단정 짓는다면
그건 진짜
거기까지이다.

허나
타인이 '넌 거기까지야'라고 단정 짓는다면
그건, 그 사람의 한계이다.

타인의 한계를 내 것인 것 마냥
착각하며 살지 말자.

내가 예쁘다는 착각,
내가 똑똑하다는 착각,
내가 잘났다는 착각,
모든 착각을 해도 좋다.

다만 타인의 한계를
내 한계로
착각하지 말자.

내가 나의 가치를 높이지 않는다면
절대 나의 가치는 높아지지 않는다.

청춘

청춘이라 함은
응당 뜨거워야만 하는가?

다른 누군가의 열정보다
1도, 2도 낮은 것이
큰일인 건가.

열정을 강요하지 마세요.
뜨거워야만 한다고,
발 벗고 목표만을 향해
달려갈 줄 알아야 한다고,
제발 강요하지 마세요.

당신의 식어버린 열정을
다른 젊은이의 온도에 기대지도
마세요.

정중히 부탁드립니다.

느림의 미학

지금 그대가 어떠한 걸 생각하고
목표로 하고 있다면

그 성과가
확연히 눈에 띄지 않더라도
그곳을 향해 가고 있다.

쓸데없는 조급함과 성급함은
나를 깎아내린다.

가난이 주는 선물

가난이 주는 선물만 받으려 한다.

가난이 주는 불편함과
남들 앞에 설 수 없는 위축감보다는

가난하기 때문에
일찍 일어나게 되는 부지런함을

내가 가진 능력이 밑천이라는 것을
알게 되는 깨달음을

남들보다 더 다양하고
많은 일들을 했던 값진 경험을

혼자서 우뚝 일어서야 하는
독립심을!

나는
가난이 주는 불안과 불편보다는
'나는 할 수 있다'는
믿음과 의지의 선물만 받으려 한다.

맘껏

'마음껏'이라는 말이 이리도 어려웠을까?

마음껏 연애하고 싶고

마음껏 응원하고 싶고

마음껏 보고 싶고

마음껏 소리 지르고 싶고

마음껏 먹고 싶고

마음껏 놀고 싶고

마음껏 여행하고 싶다.

언제부터인가

'마음껏'이라는 말이 사치처럼 느껴졌다.

언제쯤 내 진심을 맘껏

표현할 수 있을까.

반얀 나무

영심이:

　　와~ 너 벌써 대리야?

　　이제 곧 과장 되겠네? 그럼 또 부장 될 거고?

　　좋겠다. 너는 올라갈 곳이 있어서

　　나는 올라설 자리가 없다.

짱하 (영심's 친구):

　　야, 그렇지만 넌 프리랜서라 옆으로 뻗어나갈 수

　　있잖아. 나는 오르지도 못할 나무 쳐다보니까

　　목이 다 아프다. 디스크 걸리겠어.

마음가격

구두, 명품가방, 시계, 차, 노트북, 아이폰..

돈으로 얻을 수 있는 것들만
갖고 싶어졌다.

이것들을 갖겠다는 마음으로
열심히 일을 한다.

내가 일한 만큼 벌 수 있는 돈으로
쉽게 취할 수 있는 물건들만
얻으려 했다.

돈보다 더 많은 시간과 정성,
진심이 필요한 사람의 마음을 얻는 것이
너무도 힘들어졌기 때문이다.

인생

어떻게 사는 것이
멋지게 사는 걸까.

항상 고민한다.

누군가
어떻게 살아야 하는지
알려준다면

매일 밤
불안감을 껴안고
오지 않는 잠을
억지로 청하지 않아도 될 것 같다.

그냥 생각이... 없다.

우리에겐
영어회화 연습, 달리기 연습, 플롯 연습, 프레젠테이션 연
습 등 다양한 연습이 필요하다.

연습 [연:습]
    1)학문이나 기예 따위를
    익숙하도록 되풀이하여 익힘.
    2)실제로 하는 것처럼 하면서 익힘.

하지만
현대를 살아가는 우리들에게
가장 필요한 것은
잡생각을 없애는 연습이 아닐까?

**특히, 타인의 무례한 시선을 무시하는 연습,
나를 온전히 사랑하는 연습이 필요하다.**

조급함과 성급함

너무 급하게 서두르니
침착하지 못하게 되고

단번에 너무 많은 결과를 바라니까
그것에 미치지 못하는 나를
스스로 초라하게 만든다.

한번 더 생각하자.
조금만 더 쉬어가자.
조금만 더 천천히...
천천히...

항상 조급함과 성급함이 문제이다.

성급함과 게으름

사람에게는 두 가지 큰 죄가 있다.
바로
성급함과 게으름.

빨리 이루려는 성급함과
계획한 것을 꾸준히 지켜내지 못하는
게으름을 피하라.

무르익음

조급한 마음보다는
지금 내가 할 수 있는 일에 집중하자.

그러면
점점
무르익는다.

순간 반짝이는 사람이 아닌
끊임없이
고민하고
배우며 발전하는 사람이 되자.

그러면
그렇게 된다.

새로운 것의 파릇함이
오래된 것의 원숙미를
따라오기 힘든 것.

나는 그렇게 점점 무르익는다.

때

서서히 스며드는
한 글자.

조급하기만 했던 20대,
지금 당장 무언가를
일궈놓지 않으면
다른 사람에게 밀릴 것 같고
빼앗길 것 같던 내 자리.

저 사람보다 내가 더 뛰어난데,
왜?
도대체 왜?
왜 저 사람이 되는 거지?

지금 와서 돌이켜보면
어떠한 일이건
때가 있는 것 같다.

많은 걸 하지 않아도 이뤄지는 때가 있고
아무리 발버둥 쳐도 손끝조차 미치지
못 하는 때가 있다.

나

모든 것은 다
'나'에게서 일어난다.

기쁜 것도 나고
슬픈 것도 나이며
괴로움을 만드는 것도
'나'다.

고로 해결하는 것도
'나'다.

내가 생각하는 곳으로
나는 향한다.

꿈

꿈꾸지 않는다면
일어날 일은 하나도 없다.

행동하지 않는다면
일어날 일은 아무것도 없다.

미움 받을 용기

미움 받을 용기란 책에는 이런 구절이 있다.
"진정한 열등감이란 타인과 비교해서 생기는 것이 아니
다. '이상적인 나'와 비교해서 생기는 것,
타인의 기대 같은 것을 만족시킬 필요가 없다."

BUT

머리로는 이해가 된다.
하지만 그게 잘 안 된다.
오늘 입은 옷, 새로 바른 립스틱 색깔,
2년 할부로 구입한 가방
다 나를 위한 거라고 하지만
신경 쓰인다.

타인의 기대가,
타인의 시선이...

욜로 라이프

돈을 마음껏 쓰기로 했다.

지금 하고 싶은 일을
내일로 미루지 않기로 했다.

여유가 생기면 떠나려 했던 해외여행을
가기로 했다.

장바구니에 담아놓은 물건들을
결제하기로 했다.

짝사랑하는 그에게
먼저 고백하기로 했다.

이렇듯
마음속 깊숙이 아껴두었던

꿈을 쓰기로 했다.

1년 후, 5년 후, 10년 후로 미뤄뒀던
어쩌면 평생 시도조차 하지 못했을
내 소소한 꿈들을
마음껏 쓰기로 했다.

한번 뿐인 인생!
내 꿈을 주저 없이 쓰기로 했다.

시간의 무게

누구에게나 주어진 24시간.
누군가는 24분처럼
누군가는 48시간처럼

누군가는 다시 찾아오지 않을
순간처럼
24시간을 촘촘히 나눠쓴다.

무엇을 하든지 하지 않든지
시간은 똑같이 흘러간다.

스스로 시간을 얼마나 효율적으로
보내느냐에 따라
시간의 무게가 달라진다.

모 아니면 도

"Das Beste, oder night!"

최고가 아니면 만들지 않겠다는
벤츠의 창업정신이다.

윷놀이와 벤츠의 공통점은
'모 아니면 도'이다.

한 가지에 몰입하고,
집중하는 것이
나를 얼마만큼
믿어야 가능하다는 말인가.

'나를 온전히 믿는가?'가
관건이다.

선물 I

"지금 하는 일에 완전히 몰두할 때
넌 산만하지 않고 행복하다."

-선물, Spencer Johnson-

선물 Ⅱ

현재 속에 살기!

바로 지금 일어나는 것에 집중하라.

과거에서 배우기!

과거에 일어났던 일을 돌아보라.
거기에서 소중한 교훈을 배워라.
지금부터는 다르게 행동하라.

미래를 계획하기!

멋진 미래의 모습을 마음속으로 그려라.
그것이 실현되도록
계획을 세워라.
지금 계획을 행동으로 옮겨라.

-선물, Spencer Johnson-

능력자

어느 날, 신이 나에게 그동안 착하게 살았으니,
뛰어난 능력을 하나 주겠다고 했다.

신은 '나는 너에게 어떠한 능력이라도 줄 수 있다.
하늘을 나는 능력,
다른 사람의 마음을 읽는 능력,
타인에게 보이지 않는 투명인간이 될 수 있는 능력,
천리를 한 걸음에 갈 수 있는 능력.'

그러니 갖고 싶은 능력을 말해보라 했다.

나는
'나를 믿는 능력'이 필요하다고 했다.

100%의 에너지를 쏟아 부었지만
성사되지 않았을 경우
자괴감과 우울함을 감당할 수 있는
나를 믿는 능력이 필요하다.

도피처

사랑을 잃었다.
그 일에 실패했다.
외롭고 허전하다.
모든 것이 두렵다.

나는 또다시 책으로 도피를 한다.

피난민이 갈 곳 없이
그저 가장 소중한 것들을 담은 작은 보따리를 들고
발끝이 닿는 곳으로 향하듯

나는 평소 읽고 싶었던 책들을 한줌 챙겨서
책을 읽을 수 있는 장소로 피난을 간다.

외로움의 감정도
허전함도, 나를 향한 자책감도 책으로 위로를 얻는다.

책은 나만의 '도피처'이다.

실패하지 않는 방법

살아가면서 누구나 한번쯤은 저지르는 실수!
몰라서 저지르기도 하고 혹은 알면서도 그 실수에 다가설
수밖에 없는 상황들이 있습니다.
하지만 저는 지금까지 단 한 번의
실수도 하지 않은 한 사람을 알고 있습니다.

우리에게 '파나소닉', '내쇼날' 등의 브랜드로 잘 알려진
전자, 전기전문회사인 마쓰시타 그룹의 창업자인
마쓰시타 고노스케입니다.

일본에서 '경영의 신神'이라 불리는 그는
실패에 대한 정의를 이렇게 내립니다.

"나는 단 한 번도 실패한 적이 없습니다.
실패한 순간에 포기하면 실패가 되지만 다시 시작해 노력

한다면 그 실패는 실패가 아닌 새로운 성공을 위한 출발
점이 될 수 있습니다. 그래서 나에게 실패는 실패가 아닌
성공을 위한 새로운 도전이고 시작이었습니다."

자신이 목표로 한 일이 그르쳤을 때
일을 포기해버리는 사람이 있고
실패로 규정짓지 않고 한 걸음 나아가기 위한
디딤돌로 생각하는 사람이 있습니다.

나 뿐 아니라 당신도
실패를 성공의 디딤돌로 생각하는
사람이 되었으면 좋겠습니다.

젊은이

젊은이들에게
쓰러지는 것은 기꺼이 용서해 주노라.
다만 늘 높은 곳을 향하여 노력하라.
너는 날기에는 너무 무거울지 몰라도,
결코 노력하기에 너무 무겁지 않다.

-Johann Wolfgang von Goethe-

목적을 달성하는 방법

미국 시트콤 '빅뱅이론'에서는
천재이자 괴짜인 '쉘든'이
친구인 '페니'에게 목적을 달성하는
가장 쉬운 방법을 알려준다.

'목적을 달성하는 가장 좋은 방법은
너의 시간과 에너지를 100% 투자하는 거야.'

'내가 하고 싶은 일에 이렇게 열정을
쏟은 적이 있었나?' 하고 생각하게 됐다.
한편으로는 혼신의 열정을 쏟았는데
원치 않은 결과가 펼쳐질까봐

두렵고 무섭다.
그래서 피하기도 하고 열정을 100% 쏟지 못하기도 한다.

봄꽃

원효의 화쟁사상을 접하는 순간, 자신의 의지에 의해
모든 것이 개척될 수 있다는 새로운 관점은 나를 강하게
사로잡았다.
청년시절은 모든 것이 가능하면서도 또 모든 것이
불가능하다.

천하를 얻을 것 같은 웅비함이 있는가 하면
실제론 아무것도 할 수 없는 무력감으로 좌절하거나
방황하기도 한다.

- 내가 사랑한 여자, 내가 사랑한 남자 中-

드레스 코드

미국 시트콤 '투 브로크 걸즈'에는
억만장자의 아버지 밑에서 유복한 유년시절을 보낸
'캐롤라인'이 등장한다.
아버지의 파산으로 그녀는 컵케이크가게
오픈을 목표로 웨이트리스로서의 삶을 유쾌하게 살아간다.

그녀가 룸메이트인 맥스에게 하는 말

'지금 직장에서 입는 옷이 아니라
얻고 싶은 직장에서의 입을 옷을 입어라.'

되고 싶은 사람이 된 모습을 상상한다.
상상한다.
상상한다.

그리고 현실이 된다.

일시정지

단 한순간만 일시정지 하고 싶다.

모든 것을 되돌리기는 아쉽고
앞으로 나아가기는 두렵다.

그냥 잠시만
정말 잠시만

일시정지 버튼을 누르고
쉬고 싶다.

되감기도 빨리 감기, 재생, 멈춤도 아닌

단지 그냥
일시정지.

Part 2

바람;
나, 행복하고 싶어요.

고생쿠폰

9잔의 쌉싸름한 아메리카노를 마시면
달달한 캬라멜 마끼야또를 free로 받습니다.

지금의 '힘듦'을 견디게 해주는
고생쿠폰이지요.

'그래, 아메리카노를 9잔 마셨으니
이제 한 잔만 더 마시고 나면
달달함을 느낄 수 있을 거야.'

지금 잠시 힘든 그대여!
조금만 더 있으면
달달한 행복이 그대에게 찾아올 거예요.

그것도 FREE로!

체

오늘은 정말 신기한 효능의 체를 알려드릴까 합니다.
그 어떤 것도 이 체에 거르면
원하는 것만 딱 걸러지는데요.

아무리 많아도 이 체 하나면 됩니다.
잡다한 생각 다 집어넣어도
딱 한 문장으로 걸러줍니다.

취업, 돈, 명예, 내일 출근길, 집세, 짝사랑 등
수많은 걱정을 다 넣어도

머릿속이 복잡한 이유를
한 문장으로 걸러줍니다.

모든 잡 걱정의 진짜 이유는 정말 몇 안 된다.

복잡하고 스트레스를 받는 이유는

걱정 하나가

자신을 뽐내기 위해

화려한 척하며

우리를 복잡하게 만들기 때문이다.

행복찾기

소풍에 빠질 수 없는 것
바로
보물찾기.

우리보다 한 걸음 먼저
부모님과 선생님들이
우리가 갈 곳에 보물을 숨겨둔다.

꽝은 고개만 돌려도 보이는 곳에
공책과 연필은 돌 밑에
달콤한 사탕은 나뭇가지에

가장 인기 있는 로봇과 인형은
우리가 찾기 어려운 곳에.

어른이 된 지금도 소중한 것들은
꼭꼭 숨어있다.

어딨니?

<u>내</u> 행복아.

기분 좋은

피로
기분 좋은 피로

질투
기분 좋은 질투

노동
기분 좋은 노동

기다림
기분 좋은 기다림

수많은 형용사 중
'기분 좋은'이라는
수식어가 붙으면
의미가 변한다.

니편 내편

30대, 다 큰 것 같은 어른이
니편!
내편!

편 가르는 거 너무 유치하지 않소?

근데,
유치하더라도
내 편이 되어주는 사람이
필요하다

그래서
나는
거두절미하고
니편!!

한 끼

중학생 시절, 경제적인 어려움으로 우리 가족은
뿔뿔이 흩어져 의도치 않은 이산가족이 되었다.

하루는 오랜만에 다 같이 모여
저녁 한 끼를 함께 하는데

아빠가 낮은 음성하신 말씀이
아직도 잊혀 지지 않는다.

'시간이 이대로 멈춰버렸으면 좋겠구나.'

어릴 적에는 그냥 지나치는 말이었지만
이제야 아빠의 마음을 조금은 이해할 수 있을 것 같다.

화려하거나 특별한 순간이 아닌
그저 다 같이 모여서 저녁을 먹는 그 순간이

행복했던 것이다.

시간이 멈추기를 바라는 순간이
인생에 몇 번이나 올까?

노 리즌

아무런 이유 없이 좋은 것들이 있다.
가을, 엄마냄새, 시원한 맥주, 개그콘서트, 피자,
일기쓰기, 산과 바다, 시골, 첫눈 등...

당신의 노 리즌 리스트는 무엇인가요?

복수

삶은 곧 축제다.
즐겁게 살지 않은 것은 죄다.

나를 괴롭혔던 사람들에게 내가 할 수 있는
가장 큰 복수는
그들보다 즐겁게 사는 것이다.

그들의 귀에 나의 웃음소리를
그들의 눈에 나의 미소를
들려주고 보여주는 것이다.

두고 봐라!
난 오늘부터 너에게 처절한 복수를 위해
미친 듯이 신나게 살련다.

타인의 시선

20대 초반에는 200만 원을 주고
여행을 갈래?
아니면 명품백을 살래? 하면
뒤도 돌아보지 않고 여행을 택했다.

그리고 돈을 벌기 시작한 20대 후반에
똑같은 질문을 되새겨봤다.

나는 명품 가방을 선택했다.

서른 살이 된 나에게
다시 되물었다.
내 선택은 다시 여행이었다.

가방은 나를 만족시키는 것이 아닌
타인의 시선을 만족시키는 것이었고

여행은 온전히 나를 만족시키는 것이었다.

여행

철저히 본능으로 돌아가게 하는 여행.

여행은 의식주를 기반으로 한다.
코스피와 코스닥, 아파트 시세, 땅값,
친구들의 신혼집 평수를
신경 쓰며
대한민국에서 살아가는 나.

오늘은 뭐 먹지?
오늘은 어디 가지?
오늘은 어디서 자지?

여행은 원초적인 나로
되돌려놓는다.

단순화가 이루어진다.

달콤
쌉쌀

다시 오기 힘든 곳이라는 것을 알게 되는 순간
이곳의 소중함을 깨닫게 된다.

그래서 여행이
달콤하고 쌉쌀한 것이 아닐까.

현실에서 벗어나
하고 싶었던 것들을
다 할 수 있다는 달콤함!

그리고
다시
현실로
돌아간다는 쌉쌀함!

여행은 달콤 쌉쌀한 것.

행복고픔

나는 행복에 대한 기준이 높다고 스스로 자부하는 편이다.
왜냐하면 어떤 것을 해도 행복하지 않기 때문이다.

다양한 종류의 행복이 있지만

내가 생각하는 행복은
내가 아름다워야 하며, 하고 싶은 일을 하고 있어야 하고
돈을 많이 벌고, 건강해야만 한다.

만화나 영화에서 나오는 말풍선 안에
아름다운 내 모습을 생각하고, 그 모습이 되어야지만
'행복하다'는 말이 어울릴 것 같았다.

고로 지금의 나는 말풍선의 내가 아니라 행복하지 않다.

언젠가 같이 일하는 동료에게 물었다.

영심이: 넌 행복하니?

박딸기: 응, 행복하지.

영심이: 언제 행복하다고 느껴?

박딸기: 나? 난 지금도 행복한데?! 밖에 기온이 지금 36도 야, 푹푹 찌는 찜통더위인데, 나는 컴퓨터 하면서 에어컨 밑에 있으니까!

영심이: 또 언제 행복을 느껴?

박딸기: 음, 퇴근하려고 회사 문을 나섰는데 버스가 시간 맞춰서 내 앞에서 버스 문을 열어줄 때!

영심이: 또 또, 언제 행복해?

박딸기: 음, 여름에 복숭아 먹을 때! 근데 그 복숭아가 또 너무 단 거야. 그럼 진짜 그때는 대박 행복하지.

영심이: ... (매 순간 행복을 느끼고 감사할 수 있는 네가 참 부럽다.)

당구장

얼마나 웃긴 줄 아냐?
술에 잔뜩 취해서
당구 치러 가지.

가자마자
또 맥주랑 소주를
거기서 먹어.

서로 시끄럽다고 싸우지.
네 순서인지 내 순서인지도
모르고 치지.

늦게 친다고 싸우지.
내 순서인데
네가 쳤다고 싸우지.

점수 잊어버려서 싸우지
옆에 다른 손님들은
시끄럽다고 난리지.

.

.

어디 가서 다 늙은 아저씨들이
한 시간에 11,000원으로
이렇게 웃을 수 있겠냐.

좋아요

(feat. facebook, instargram etc...)

당신이 참 좋네요.
'좋다'라는 내뱉기 힘든 이 말.

말로 전하기 어려워
연신 눌러대는
'좋아요' 버튼.

내뱉기 힘든 말을
버튼으로 과소비하다 보니
과공급에 따른
진심수요의 적정선을 맞추기가 힘이 듭니다.

영상통화에 관한 입장차이

오래된 연인이 영상통화를 하는 이유

男: 자신이 친구들과 술집이 아닌 집에 있다는 것을 입증
하는 *증거자료.*

女: 영상통화 화면에 작고 예쁘게 나오는 자신의 얼굴을
확인하는 *거울.*

걱정깡

카드에만 깡이 있는 것이 아니다.

생각깡, 걱정깡

생각으로 생각을 돌려막다.
걱정으로 걱정을 돌려막다.

이자에 이자가 붙듯이
생각의 생각꼬리만 늘고 있다.

원인은 막지 못하고 부가적인 것들만
돌리고 돌려가며 막는다.

원인을 찾아
바로 잡아야 한다.

이상한 나라의 원인 찾기.

찐 옥수수

50대 남편: 음, 워메 이 옥수수 맛이 살짝 갈라고 하는 것
          같은디~?

50대 부인: 응, 그랑께 애들이 먹기 전에
          언넝 당신이 먹어서 없애브러.

50대 남편: 글믄 나도 먹으면 안 되는 거 아니여?

50대 부인: 응... 당신은 이거 먹어도 안 아파... (갑.분.싸)

(feat. 찜통더위가 기승을 부리는 전라도에서의 중년부부)

App

스마트폰 화면에
내 검지손가락은
첫사랑을 향하듯
부드럽게 터치하고 있다.

이미 보랏빛, 누런빛
앱들을 실행하고 있고
세상의 쓸데없는 정보와
가십들을 보고 있다.

전남친의 새로운 여자친구 사진을
볼 때면 이 앱들이 사라져줬으면 한다.

비키니 사이로 글래머러스한 몸매를 뽐내는
여인들을 보고 있으면
이 앱들이 사라져줬으면 한다.

내가 항상 가고 싶어 했던
유럽여행 중인 친구를 보고 있으면
이 앱들이 사라져줬으면 한다.

내가 앱을 사용하는 건지
앱이 나를 이용하는 건지...

수정

아는 것이 힘이다.

을 실천하는 것

✔

아는 것　　　이 힘이다.

부끄러움은 내 몫

내가 지나고 있는 차로에 다른 차가 아찔하게 끼어든다.
'어, 저기서 이렇게 들어오면 어쩌라는 거야!! 개념 없네!'

10분 같은 1초 동안 보이지 않는 상대 차의 창문을
째려보며 추월해
10킬로미터 미만의 속도로 일부러 더디게 이동한다.

그리고 10초간 긴 호흡으로 한숨을 쉬고
자리를 내어준다.

'개념 없어! 저런 사람들 진짜 싫어.' 라고 생각하는
순간, 상대방의 창문이 내려진다.

'욕하려는 건가? 욕하면 또 절대 지지 않지. 기다려라, 아
주 그냥 동서양의 다양성으로 중무장한 나의 입담을 보여
주지.'

.
.
하, 속 좁아.
상대방 운전자는 고개인사를 하며
'미안합니다. 제가 운전을 잘 못해서요.'
하고 60대 후반의 남성이 나에게
눈웃음을 보인다.

'하.. 밴댕이 소갈딱지. 뭐 눈에는 뭐만 보인다더니.'

<u>다른</u> 사람이 <u>아닌</u>
내가 <u>나를</u> 부끄럽게 <u>만든다</u>.

하기 싫다

출근하기 싫다.

노력하기 싫다.

청소하기 싫다.

너 보기 싫다.

잔소리 듣기 싫다.

계산하기 싫다.

설거지하기 싫다.

공부하기 싫다.

운동하기 싫다.

대답하기 싫다.

일하기 싫다.

밝은 척하기 싫다.

착한 척하기 싫다.

상사 말 듣기 싫다.

다이어트하기 싫다.

취직하기 싫다.

잠들기 싫다.

영어시험 보기 싫다.

너랑 헤어지기 싫다.

하고 싶다

욕하고 싶다.

널 보러 가고 싶다.

새 폰 사고 싶다.

연애하고 싶다.

이별하고 싶다.

돈 벌고 싶다.

여행가고 싶다

로또 당첨되고 싶다.

앞머리 자르고 싶다.

살 빼고 싶다.

주식 대박 나고 싶다.

비트코인 사고 싶다.

수지 보고 싶다.

지창욱 보고 싶다.

왕창 먹고 싶다.

결혼하고 싶다.

운동하고 싶다.

회사를 떠나고 싶다.

너랑 헤어지고 싶다.

하지 말자.

물에 물 탄 듯

술에 술 탄 듯 하지 말자.

듣기 싫다 네 연애사

1년 반 만에 만난 친구와의 대화

친구녀..ㄴ : 어떻게 그 순간에 서로 같은 생각을 했다니!
처음 봤을 때 서로의 표정을 보고 '아, 이 사람
나한테 별 관심 없구나.'하고 생각했는데~
근데, 서로 카톡을 빨리 보내는 걸 보고
'아니네, 나한테 관심 있네.' 했지.

어떻게 좋아하는 음식이 같을 수 있지?
어떻게 가고 싶은 곳이 같을 수 있지?
그때 내가 조금만 더 늦게 그곳을 떠났다면
우리 소개팅 전에 마주칠 수도 있었다?!
완전 신기하지?!

나: … (할 말이 없다.)

사랑에 빠지면 무릇 이렇다.

눈이 마주친 것은 운명이고
서로 좋아하는 음악은 필연이다.

'그 사람과 나는 세상 여느 연인과는 달라.'
우리에게 권태기 따위는 절대 오지 않을 것이며
헤어지지 않을 거라고 말하는 친구.

친구야! 헤어지고 나서
나 불러서 소주 한 병 까고 욕이나 하지 말아 다오.

듣기 싫다.
네 연애사.

아날로그 시대

나는 손으로 쓴 손 글씨가 좋고,
모바일 영화 예매권보다는
영화표를 직접 받는 것을 좋아한다.

아날로그가 좋다.
결코, 디지털에 철저히 뒤쳐지기 때문이다.

디지털은 복잡하다.
나는 이거를 하고 싶은데
이거를 하려면 저거를 알아야 한단다.

저거를 하려고 하면
무슨 말인지 모를 그것을 해야만 한다.

하지만 글을 쓰는 건
그냥 내가 펜을 잡고 글을 쓰면 된다.

워매 어째쓰까잉

'잉 그랬는디, 워~ 매 어째스까잉, 참말로 내가 더 미치것네.'

사투리의 추임새는
상대방의 말을 완전히 포용함과 동시에
자신의 감정을 살포시 얹힌다.

'응', '네'라는 표준어는

너는 거기 서있고
나는 여기 서있어
그러니까 여기까지만 너를 받아들일게.

'너에게 내어줄 공간은 여기까지야.'
라는 느낌의 추임새라면

사투리는
'내가 그 일을 다 겪은 것 같다.
정말 그랬구나, 아팠구나, 힘들었겠구나.'를 한마디로
표출한다.

추임새 하나로 상대 마음의 치료제가 된다.

하지만 사투리와 표준어를 떠나
우리 모두가 위로의 추임새를 바라고 기다리는 것이
아닐까?

'응, 그랬구나, 아이쿠, 힘들었겠다,
잘했어, 잘하고 있어.'

無개념

'개념 없어', '개념 없어', '개념 없어'
어느새 자꾸만 내뱉는 말.

어떻게 여기에 이렇게 물건을 두지?
어떻게 그런 마인드로 회사를 다니지?
어떻게 거기서 그렇게 행동할 수 있지?
어떻게 말을 저렇게 예의 없이 하지?
어떻게! 어떻게! 어떻게!

그런데 문득 이런 생각이 들었다.
타인이 나를 봤을 때도
자기의 기준과 개념에 내가 맞지 않는 행동을 한다면
그 사람도 분명 나에게
'무개념이네.'라고 말할 것만 같았다.

이성적으로 생각해보면

무개념이라는 건, 개념이 없다는 건
그건 자신의 기준에 맞게 세워놓은
개념이 타인의 행동과 정신에 없다는 것이다.

무개념= 나의 기준인 개념이 너에게 '무(無)' 없다.

상대를 무개념이라고 비난하기 전에
나만의 기준으로
상대의 개념 유무를 판단하고 있는 건 아닌지
한번쯤은 생각해볼 필요가 있다.

예의 없는 것들

나의 약지와 새끼손가락을
의도적으로 벌리지 않으면 잘 보이지 않는 틈 살을
모기가 물었다.

이런 예의 없는 것들.

오목하게 튀어나온 내 엷은 눈꺼풀 위를
모기가 물었다.

이런 예의 없는 것들.

남의 피를 먹었으면 적어도
내가 긁을 수 있는 곳으로
십자가를 만들 수 있는 곳으로
본인들의 식사를 해결해야 하는 것이 아닌가?

세상에는 예의 없는 것들이 참 많다.

SNS

혼자 있는 외로움을 달래기 위해
소통의 창인 SNS을 켜지만
나만 빼고 다들 행복하고
바쁘고,
해외를 여행하고,
맛있는 것을 먹고,
즐거운 곳만 찾아다니는 그들의 모습은
독이 되어

새벽 한 시가 지나도 핸드폰 불빛에 의지해
외로움의 넝쿨로 하염없이 빠져들고 있다.

Get out of here!

모두 다 함께 읽어봅시다.
[게라웃오브히어]

내가 싫어하는 사람을 담아둘 마음의 공간을
만들지 말아야 한다.
"너 따위가 감히 내 인생에 들어오려 해?"

꺼져! 하고 매몰차게 내버릴 줄 알아야 한다.

본인은 언제 들어왔는지도 모르게
내 마음 한켠에 월세도 안내고
쳐들어와 있게 할 수는 없다.

오늘도 소리 내어 읽어본다.
게.라.웃.오.브.히.어

Part 3
_____

사랑;
사랑이 겹나요

힘

내 오른손, 가운데 손가락 첫마디는 휘었다.
연필을 잡고 글을 쓸 때
너무 힘을 줘서
후천적으로 휘었다.

서둘러 글을 쓰고 싶을 때면
이 힘을 주체할 수 없어서
나조차 알아보지 못하는 글씨가 된다.

갑작스레 떠오른 이 생각이 머릿속에서 도망칠까봐
겁이 나서
손은 생각의 꼬리를 잡으려고
미쳐 날뛰기 때문에
글씨체는 엉망이 된다.

널 사랑하는
내 마음이 꼭 그렇다
가슴 한쪽이 휘었다.

벼락 치듯 다가온 네가
어느 순간 내 곁에서 달아나 버릴까봐

너를 그렇게 구속하고 붙잡았다.
그래서 내 사랑은 엉망이 된다.

차곡차곡

차곡차곡 한 자씩 써내려간다.

눈이 쌓이듯
너에 대한 추억이
차곡차곡 쌓인다.

너를 잊기 위해 노력하며
너를 곱씹어 본다.

나를 보며 짓던 미소, 행동 하나하나

너를 잊어야 할 이유들을
한 자씩 써내려간다.

이유가 쌓일 때마다
너에 대한 그리움만
쌓여간다.

얹혀있는 너

소화가 잘 되지 않는다.
가슴 속이 꽉 막혀있다.

네가 그렇고,
너와 함께한 추억이 그렇다.

가슴 한켠에 응어리가 되어
원래 자기 자리인 것 마냥
아픔이 지그시 자리하고 있다.

가슴을 수차례 두드려 봐도
좀처럼 가라앉혀지지가 않는다.

첫사랑

		너	무	도		뜨	거	워	서			
			그		사	람	을					
마	음	에		품	고		있	는		것	조	차
		힘	이		들	었	다					

연애

창문을 열어
밤공기에게
내 방 공간을 내어주었을 때

너무 차갑지도
너무 습하지도 않은 때가 되면
봄이 찾아온 것이다.

매서웠던 겨울바람에
꽁꽁 닫아두었던
문을 열어볼 용기가 생기는
시기이다.

누군가를 만나고 싶다는 생각이
몸서리치게 다가올 때

이미 봄바람은 내 창을 열어
들어왔고
나는 그 바람을 막을 의지가 없다.

나 너 너 나 나 너 너 나 나 너 너 나

하나가 아니라
둘 이상이 떠오르는 것
바로 사랑이다.

이 맛있는 것을 너도
이 재미진 것을 너도
이 아름다운 풍경을 너도
이 풍요로움을 너도

나도 너도

이 행복을 너와
이 기쁨을 너와
이 아픔을 너와
이 순간을 너와

'너도'에서 시작해
'너와'로 끝나는 것

바로
사랑이다.

문득

문득
그때의 너를 생각할 때면

콧속에 폭죽이 터진다.

감흥 때문인지
아픔 때문인지
그러다
콧속에 화재경보가 난다.

화재 진압을 위해
눈에서는 눈물을 흘려보낸다.

화재는 진압했지만
홍수는 잡지 못한다.

YoYo

돌아오는 것들은 참 많다.

봄 새해 벚꽃 그리움 여행 보름달 초승달 내생일
월급일 패션 유행 일상 정신 화색 메아리 비난 길
돈 아픔 농번기 순서 다이어트 소문 비난 시험 불금
월요일 카드청구서 건강검진일 결혼기념일 크리스마스
캐롤 시상식 야유회 목표와 다짐 요요현상 선거일
여름 가을 겨울 부메랑 월식 실패 눈

.
.
.
.

하지만
너는 돌아오지 않는구나.

돌고
돌아

아마 많이 더딜 겁니다.
아니
확실히 더디지요

돌고 돌겠지만
그래도 확실한 것은
당신에게 가고 있다는 것입니다.

남들보다
더디겠지만
천천히
도달해보겠습니다.

두 팔 벌려 안아주세요.

거리

살아가면서 측정하기 가장 어려운 거리는
아마 당신과의 거리일 겁니다.

미적분, 도시 간 소요시간, 이자, N분의 1 등
정확한 계산을 척척해내
숫자로 알려주는데

당신과 나의 거리는 어느 정도인지,
그리고 어느 간격이 가장 좋은지
숫자로 알려줬으면 좋겠습니다.

그처럼

독일어 공부하기
세계 맥주 마셔보기
패러글라이딩하기
세계여행하기
책 쓰기
검도 배우기
기타 연주하기
명화 보기

어느새,
선망하던 그 사람의 행동에
꼭 박힌 내가 되었다.

어쩌면 그 사람이 아닌
그 사람의 배경,
하는 행동들을
좋아했는지도 모르겠다.

예뻐

전쟁도 잠식시킬 수 있는 한마디!

'예쁘구나.'

지금도 나는 '예쁘다'라는 말에
마음이 설렌다.

나의 오래된 다이어리에 적힌
한 대학 선배의 말
'너 오늘 좀 예쁘다?'

이 문구를 다시 읽었을 뿐인데
그 시절의 내가 되어
입가에 미소가 번진다.

필수과목

인생의 필수과목에
'연애의 기술'이라는 과목이
생겼음 해요.

내용의 의도를 파악해
주제를 쓸 수 있고,
가로변과 세로변을 곱해
넓이를 알 수 있듯이

내가 네 마음에 들어가는 길과
우리의 사랑을 유지하는 방법

그리고
언젠가 찾아올 이별을 감당하는 방법을
모두 배웠으면 합니다.

모든 시험은 정해진 날짜와 시간에 치르지만

___사랑은
___언제
___어디서
___어떻게
___치러야 하는지 모르겠습니다.

Love = Timing

사랑은
타이밍
싸움이다.

사랑은
수많은 사람,
다양한 사랑을 통해
그 타이밍을 잡는 기술을 기르는 것이다.

사랑 확인법

없는 시간을 쪼개고 쪼개
힘들게 시간을 내
나와 함께 할 때

내가 그 사람 안에 있다는 것을
확인한다.

온전한 사랑

혼신의 힘을 다해 사랑하고 싶다.

누군가를 온전히 사랑해본 적이 있는가?

헤어질 때의
두려움마저 잊게 만드는 그런 사랑

짝사랑

'짝'이라는 접두사는
양쪽 중 어느 한쪽으로 치우쳤을 때
사용하는 말이다.

두 개의 눈 중 한쪽이 더 작을 때
'짝눈'

두 짝의 신발이 아닌 한 짝만 있을 때
'짝신'

내가 너를 더 많이 사랑할 때
'짝사랑'

항상 더 많이 사랑한 쪽이 아프다.

속된 말로 더 많이 사랑하고 더 많은 걸 해준 사람이
헤어질 때 모든 걸 다 해줬기 때문에
이별의 아픔이 덜 한다고 한다.

그런데 그 말은 그냥.. 속된 말이다.
분명, 내가 더 많이 사랑했는데
나는 지금도 아프기 때문이다.

네가 있더라

내 책상 서랍을 열었는데
네가 있더라...

네가 준 편지가
네가 준 네 증명사진이
네가 준 포스트잇이

너와 함께 본 영화표들이
너와 함께 찍은 사진들이
너와 함께한 추억들이

그냥 서랍을 열었을 뿐인데
네가 있더라...

기다림

언제부터인가 네 연락만 기다리며
핸드폰을 쳐다보는
너만을 생각하는 내가 됐어.

'우주를 한 사람으로 축소시키고
그 사람을 다시 신으로 확대하는 것이 바로 사랑이다.'
라고 말한 빅토르 위고처럼

나는 내 우주인
너를 기다리고 있어.

너와 함께 할 때
나는 오롯이 세상 속에 존재해.

건드리지 마

건드리지 마
내 몸도 내 마음도

아픔

		서	로	를		향	하	는			
마	음	의	무	게	가	같	지	않	을		때
	한	쪽	은		항	상		아	프	다	

Part 4

위안;
쓰다듬어주세요

나를 사랑하는 노력

나 자신을 사랑하기 위해 노력하고 있다.
안 좋은 일이 생기면
누구보다 나에게 먼저 화를 내고, 스스로를 혼내켰다.
가장 쉬운 해결방법이었으므로.

상대방이 잘못해도 모든 것이 내 잘못이었다.

이렇게 나를 혼내켜야
다른 사람과의 친분을 유지할 수 있으므로,
잘잘못을 따질 귀찮은 모든 과정을 생략할 수 있으므로,

따라주지 않는 운도 다 내 탓이다.

그래야 하늘이 날 버리지 않았다는 말이 성립되므로.

나는 나를 무방비 상태에 몰아넣고 다그쳤다.

아직도 나는,

나를 사랑하고 아끼는 방법을 모른다.

나 자신을 사랑하는 방법을 알아가야겠다.

그 방법에 따라 나를 사랑해야지.

나는 아직 비오는 날이 좋다.

힘들었던 어린 시절
누군가 '왜 비오는 날이 좋아?'라고 물어보면
그냥 '시원해서'라고 답했다.

매일 밝은 척 하려 애쓰던 내가
비오는 축축한 날이면
잠시 밝은 척 애쓰지 않아도
될 것 같았다.

모두가 한 박자 쉬어가는 것 같아서
평소보다 잠깐 멈춰있어도 될 것 같았다.

내리는 비 뒤로 숨어
잠시 쉬고 싶었다.

어른이 된 지금도
나는 아직 비오는 날이 좋다.

시스루

나이가 든다는 건
나이를 먹는다는 건

보이지 않는 것들을
볼 수 있는 능력을 얻어간다는 것이다.

아빠의 넓은 어깨보다는
뒤로 감춰진 책임감과
중압감이 보이기 시작하고

일을 마치고 들어오신
엄마가 가방에서 꺼내는 돈에서는
주방에서 흘린 엄마의 땀방울이 보인다.

화려한 무대 위 예쁜 가수들만 보이는 것이 아니라
그 노래의 작사, 작곡가들의 슬픔과 애환이 보인다.

성공한 사람들의
추진력과 결단력 뒤로
수천 수만 번의 망설임과 용기가 보이기 시작한다.

이런 능력을 얻어간다는 것을
다른 이들도 알기 때문에
서로 감춰지지 않는
진실을 감추고 살아가려 한다.

나이가 든다는 건
나이를 먹는다는 건

내 결점이 가려지길 바라는
시스루 옷을 입고 살아가는 것이다.

그건 네 잘못이 아니야

어릴 적부터 나는 작은 아빠가 좋았다.
우리 집에서는 맏딸로서 받는 애정과 사랑보다는
가지고 있는 책임감의 무게가 더 컸다.

딸이 없는 작은 아빠에게 나는 뭘 해도 예쁜 딸이었다.

노래를 해도 예쁘고,
밥을 먹어도 예쁘고,
낮잠 자는 것도 예뻤다.

내가 부딪혀 작은아빠가 아끼시던
장식품이 깨져도
내 잘못이 아니라
거기에 놓여있던 물건이 잘못이다.

기말고사를 잘 못 보면
내가 공부를 못해서가 아니라
시험이 너무 어려웠던 것이다.

남자친구가 없으면
내가 못나서가 아니라
세상 남자들 눈이 다 삐었기 때문인 것이다.

지금도 당신의 맹목적인 애정에 감사합니다.
이런 애정과 사랑이
어른이 된 지금도 필요합니다.

친구

나는 지금 사막 위에 서있는 영양실조의 나무다.
뜨거운 햇살과 목마름이 나를 너무 힘들게 한다.

잠시 쉬기 위해 한숨을 돌리면
나는 말라 죽고야 만다.
아무리 힘들더라도 버티고 버텨야만 한다.

진정 두려운 것은 뜨거운 햇살과 목마름이 아닌
나 스스로 나를 포기하려는 마음과
아무도 내 존재를 알아주지 못하는 것이다.

나는 너희가 가끔씩 내려주는 소나기가 되고
내가 외롭지 않게
나를 스쳐 지나가는
바람과 같은 존재가 되어주길 바란다.

그렇게 너희가 나에게 힘이 되어
내가 다른 사람들까지도 포용할 수 있는
아주 큰 나무가 되면

사막에 잔디도 심고
다른 식물들과 어울려
비와 바람도 초대해서 매일같이 살고 싶다.

나는 지금 사막 한가운데 서있는 메마른 나무다.
사막 한 가운데라
화려해 보일 수도 있고
외로워 보일 수도 있는 사막 한가운데.

#한발느림#거북이걸음#꼴번#늦깎이
#아재#아싸

남들이 신나게 싸이월드 방명록에 글을 남기고
today 수에 연연하다
블로그로 떠날 때

나는 싸이월드에서 도토리를 구입하고
배경음악으로 '씨야'의 노래를 깔았다.

블로그는 다 광고성 글이라며
인스타로 옮길 때

나는 네이버 블로그에 맛집 검색을 했다.

남들이 떠나고 그림자만 있을 때
나는 그것을 시작한다.

항상 느리다.

영심이

20살 내 한 달 수입과 지출은 같았다.
92,000원

10년 전 다이어리에는 여동생에게 생일 선물을 사주고
기뻐하는 내가 있었다.
삼십대가 된 나는 다이어리를 다시 보며
목걸이의 모양과 색은 떠올릴 작은 틈조차
내주지 않고
그 목걸이가 얼마였는지부터 확인했다.

13,000원

다이어리 속에는
이 목걸이를 선물로 줄 수 있어서
다행이라며 뿌듯해하는 내가 있었다.

가격을 먼저 확인하게 되는

지금의 내가 밉지는 않다.

단지 그때의 내가 참 예뻤다는 생각이 든다.

변태

나는 어릴 적부터 시원한 냉탕에서 수영을 할 수 있고
바나나맛 우유를 마실 수 있는 목욕탕이 좋았다.

하지만 내가 좋아하는 것은 딱 그 두 가지 뿐,
엄마가 밀어주는 때 타월은 너무도 싫었다.
이해가 되지 않았다.

왜 뜨거운 물에서 살갗을 불리고
그것을 다시 때 타월이라는 아픔이 촘촘히 박힌 물건으로
긁어내는지...

엄마의 허벅지에 반 기댄 채,
때 밀림을 당하고 나면 온몸이 붉었다.
때 밀기 싫다며 몸부림칠 때,
덤으로 맞은 발간 엉덩이를 보면
나는 빨간 엉덩이 원숭이와 다름없었다.

왜 그리 때 타월이 아팠을까.

성인이 된 지금은 오히려
그 때 타월이 시원하다.
일주일에 한 번 때를 밀지 않으면
몸이 꿉꿉할 정도이다.

세월의 풍파와 다양한 아픔에
나의 살갗은
불렸다 벗겨지를 반복해
더욱 단단해졌다.

선택장애

간단한 선택에도
생각하고 또 생각하고
그리고 나서 또 생각하는
선택장애를 지난 나.

생각의 꼬리를 물고 생각하다 보면

언제 나에게 그런 기회가 있었나 싶게
사라져버리는 것이 있고

적당히 숙성되어
묵힌 맛으로 다가오는 것도 있다.

다짐의 무게

솔직히 또다시 어떠한 다짐을 하는 것이 싫다.
아니, 무섭다.

그 다짐을 지킬 수 있을까 하는
끊임없는 의심과
지키지 못해 무너졌을 때
다시 일어설 자신감이 없다.

다짐하지 않고
그냥 하루하루를 버텨나가는 게
편해져버렸다.

원점

모든 불안과 걱정의

원점, 원리, 원칙

답은 내 안에 있다.

첫 경험

한번 해보고 나면 별거 아니다.

첫 연애
첫 키스
첫 월급
첫 만남
첫 시험

처음으로 운전대를 잡는 것
처음으로 요리를 하는 것
처음으로 혼자 여행을 하는 것
처음으로 이별을 겪는 것
처음으로 면접을 보는 것

처음 시작이 어렵지
한번 하고 나면

막상 별거 아니다.

근데 세상에는 처음으로 시작하는 일이
너무 많다.

그래서 항상 어렵고
힘이 든다.

타인존재의 이유

타인은 쉽게 격려하고
응원하면서
나를 응원하기는 쉽지 않다.

어쩌면 나에게만 야박한 사람들을 위해
타인이 존재하는 것이 아닌가 싶다.

스스로 촘촘한 잣대에 가두고
혼내키는 내가 아니라

쉽고 가볍게 격려해줄 누군가가
모두에게 필요하기 때문이다.

꾹꾹

너를 보고픈 마음을 꾹꾹 눌러 담는다.

부장놈에게 사표를 던지고 싶은 마음을
꾹꾹 눌러 담는다.

너무도 행복한 이 순간을 기억하기 위해
바람소리, 볼에 닿는 공기의 차가움을
눈과 귀, 뺨에 꾹꾹 눌러 담는다.

아빠의 아픈 모습을 보며
눈물을 꾹꾹 눌러 담고

당신과의 추억을 가슴속에
꾹꾹 눌러 담는다.

세상에서 가장 좋은 '꾹꾹'은
살찐다며 잔소리를 하시면서도
고봉으로 꾹꾹 눌러 담아주신
엄마의 밥.

친해지는 연습을 해요

처음 만난 이성에게는 잘 보이고 싶어서
'그 사람이 무엇을 좋아할까'
'어떤 곳에 가고 싶을까'하는 생각으로
많은 시간을 할애한다.

하지만 정작 나에게는 시간을 내어주지 않는다.
내가 어떤 음식을 좋아하는지
하고 싶은 것이 무엇인지
자세히 들여다보지 않는다.

대화를 통해
이성과 타인을 알아가듯이
나에게 조금만 더 가까이 다가서자.
나와 친해지는 연습을 하자.

원시인

스트레스를 받을 때면
그 일에만 몰두하고
신경 쓰지 않기 위해
일부러 다른 일을 한다.

친구를 만나서 수다 떠는 게 가장 좋다.
혼자서 영화보기 그리고
맛있는 거 혼자 다 먹기.

솔직히 혼자 맛있는 거 먹기란 쉽지 않다.
전문가들은 이게 가장 원시적인 방법이라고 말하지만

아니, 지금 당장 내가 살아야겠는데
원시적이고 현대적인 방법을 따질 일이 무엇이 있겠는가?
그냥 닥치는 대로 뭐라도 해야 하지 않겠는가?

가끔은 우울의 구렁텅이에 들어가도 좋다.

'우울하면 안 돼!'라는 압박감이

나를 더 조여 온다.

아쉬움 다이어트

시간이 지나
현재를 되돌아보면
내가 하지 않았던 것과
하지 못했던 것들에 대해
아쉬워할 것이다.

아쉬움은 있을 수밖에 없다.

지금 당장에 내가 할 수 있는 것은
순간순간 최선을 다해

그 아쉬움을 줄여나가는 것이다.

주문

노력은 하지만
무엇을 위해
열심히 사는지 모를 때가 있었다.

못난 내가 싫어 눈물을 흘릴 때면

그때마다

'강해지자'
'강해지자'
'강해지자'

마음속으로 수천 번 외쳤다.

말한다고 무조건 이뤄지는 것은 아니지만
이렇게라도 내뱉지 않으면

털썩하고 무너질 것 같았다.

버티기 위해
나에게 내가 주문을 걸었다.

'강해지자.'

독기

2년 여 만에 내가 원했던 일이 찾아왔다.
생각했던 것보다
내 역량이 미치지 못한 것 같아 우울했다.

'과연 이 길이 나에게 맞기는 한 걸까?'

그때 내 친구 기똥이는 나에게 이렇게 말했다.
'영심아, 널 뽑은 건 자격이 되니까 뽑은 거야,
약해빠진 소리하지 마!
우리 이제 곧 삼십대다. 20대 애들보다 주름도 많고
체력도 딸려, 무엇보다 나이에서 밀렸어.

우리가 믿고 나갈 건 독기밖에 없어!
독해져, 이년아!'

그래, 그렇게 말해줘서 고맙다 이년아!

워너비

글의 문단 문단에 쉴 수 있음이
어찌나 고마운지!

책의 공란은
'절제미'를 알려준다.

많은 것들을 알리기 위한
빽빽한 글자보다는

잔디가 푸른 그림이,
아무것도 있지 않는
여백이 더 좋다.

빽빽이 두서없이 많은 것들을
펼쳐놓은 사람 말고

중간 중간 쉬어갈 수 있는

다음 장이 기대되는 사람이 되자.

행복바라기

나는 그대의 행복을 바랍니다.
나는 그대가 오늘 하루를 버틸 수 있는
힘이 되기를 바랍니다.

한번은 미소 지을 수 있기를,
누군가에게 어깨를 내어줄 수 있는
힘이 있는 사람이 되기를,

당신의 행복을 바랍니다.

당신이 위태롭고
아슬아슬한 길에 서있다면

보이지 않는 곳에서
나, 한 사람만큼은
당신의 편에 서서

당신을 지그시 바라보고 있다는 것을
잊지 말았으면 좋겠습니다.

나는 오늘도 진심으로 당신의 행복을 바랍니다.

나는 당신의 행복바라기.

ink

책에는
검은색 잉크의 다양한 점들이 있습니다.

그 점들이 모여
사랑이 되고
아픔이 되고
성공이 되고
위로가 되고
기쁨이 되고
슬픔이 됩니다.

여백은 잠시 쉬어갈 틈을 줍니다.

당신의 인생에 여백 같은 책이 되었으면 좋겠습니다.

당신의 인생이라는 멋진 여정에
잠시 쉬어갈 수 있는 터가 되기를 ..

<Epilouge>

'위로'

어제도 수고했고, 오늘도 수고했어요.
누군가 그냥 말없이 어깨를 토닥여줬으면 하는
사람들에게 위로의 따뜻한 책이 되었으면 좋겠습니다.

화려한 위로가 아닌
다정한 온기로 마음의 평안을 주기 위한.

당신만 외롭고 힘든 것이 아닌
우리 모두가 그렇게 살아가고 있습니다.

내가 먼저 얇은 가면을 써서 가린 나의 감정을

너도 너의 얇은 가면을 써서 가린 너의 감정들이

너무 큰 벽이 되어 우리를 막고 있어도

잠시나마 이 책을 읽으면서 위안이 되길 바랍니다.

나는 한동안 나를 사랑하지 않았다

지은이 영심이

1판 1쇄 발행 2019년 3월 21일

저작권자 영심이

발행처 하움출판사
발행인 문현광
교 정 성슬기
디자인 임민희
주 소 광주광역시 남구 주월동 1257-4 3층 하움출판사
I S B N ISBN 979-11-6440-008-9

홈페이지 www.haum.kr
이메일 haum1000@naver.com

좋은 책을 만들겠습니다.
하움출판사는 독자 여러분의 의견에 항상 귀 기울이고 있습니다.

이 도서의 국립중앙도서관 출판예정도서목록(CIP)은 서지정보유통지원시스템 홈페이지
(http://seoji.nl.go.kr)와 국가자료종합목록시스템(http://www.nl.go.kr/kolisnet)에서
이용하실 수 있습니다. (CIP제어번호 : CIP2019008616)